RÄTSELHAFTE GEHEIMNISSE

FORDERE DEINEN GEIST MIT 25 MYSTERIÖSEN RÄTSELN HERAUS

Víctor Escandell

Texte von Ana Gallo

CV

HERZLICH WILLKOMMEN ZUM BUCH DER RÄTSELHAFTEN GEHEIMNISSE

Viel Spaß beim Lösen dieser Sammlung von Rätseln, bei denen du zwei verschiedene Arten des Denkens und des Analysierens üben kannst: Einige Rätsel werden mithilfe von Logik, andere mithilfe deiner Fantasie gelöst.
Die Symbole am Anfang jedes Rätsels zeigen dir, wie du im jeweiligen Fall vorgehen musst:

LOGIK FANTASIE

LOGIK ANWENDEN ...

Wenn du das Symbol mit den zwei Rädchen siehst, findest du immer ein Szenario und eine Spur:

- Lies den gesamten Fall aufmerksam durch und sieh dir die Bilder sorgfältig an.
- Stell dir zunächst Fragen wie: Ist das Verhalten von jemandem ungewöhnlich? Ist der Ort von Bedeutung?
- Sag nicht die erste Lösung, die dir in den Sinn kommt, sondern denk darüber nach. Wenn du glaubst, die Antwort gefunden zu haben, überprüfe sie, indem du noch einmal die ganze Geschichte auf deine Lösung hin überprüfst: Passt sie zum Fall?

BENUTZE DEINE FANTASIE ...

Das Glühbirnensymbol bedeutet Folgendes:

- Diese Rätsel stellen ungewöhnliche Situationen dar und haben überraschende Antworten.
- Die Geschichten sind einfacher als die vorherigen, doch die logische Antwort ist hier oft nicht richtig, da Fantasie gefragt ist.
- Diese Art der Lösungsfindung wird als »Querdenken« bezeichnet, weil man das Problem auf eine ungewöhnliche Art und Weise angeht. Beispiel: Meiner Großmutter ist ein Ohrring in die Kaffeetasse gefallen, doch er ist nicht nass geworden. Warum? (Weil in der Tasse Kaffeepulver war).

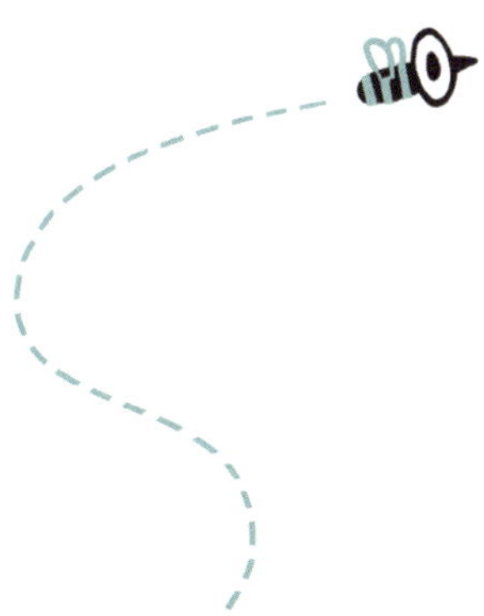

WIE WIRD GESPIELT?

Die Rätsel in diesem Buch könnt ihr als Familie oder mit Freunden spielen.
Je mehr Leute mitmachen, desto lustiger wird es, doch auch wenn ihr wenige seid, werdet ihr viel Spaß haben!
Du kannst auch alleine spielen und versuchen, die Rätsel auf eigene Faust zu lösen.
Geh wie ein echter Detektiv oder eine echte Detektivin vor, begib dich auf Spurensuche und benutze deinen Verstand und deine Fantasie.
Im Wesentlichen schlagen wir zwei Spielweisen vor:

ALS FAMILIE

- Wenn ihr mit dem Spiel beginnt, solltet ihr euch Zeit nehmen. Eile hilft hier wenig.
- Es macht mehr Spaß, wenn mehrere »Detektive« mitmachen.
- Nur eine Person darf sich vorher die Lösung ansehen. Sie ist der »Ermittlungsleiter« (ihr könnt euch bei jedem Fall abwechseln). Der Rest kann der Person Fragen zum Fall stellen, um Hinweise zu erhalten, doch sie darf euch nur diese Art von Antworten geben:

- **Ja oder Nein.**
- **Denk noch mal über die Frage nach (wenn klar ist, dass ein Hinweis nicht verstanden wurde).**
- **Das ist egal (wenn die Frage nicht zur Lösung beiträgt).**

- Wenn ihr nicht weiterkommt, kann euch der Ermittlungsleiter dabei helfen, die erhaltenen Tipps noch einmal zu überdenken, und euch auf etwas hinweisen, was ihr übersehen habt.

IN TEAMS

- Bildet Teams von zwei oder mehr Teilnehmern und bittet eine andere Person, euch anzuleiten.
- Legt von Anfang fest, wie viele Fälle ihr lösen wollt.
- Es geht nicht darum, schneller zu sein als die anderen, sondern mehr Punkte zu erhalten.
- Wenn eine Gruppe die Lösung gefunden hat, gibt sie dem Spielleiter Bescheid. Dieser sagt dann, ob die Gruppe Punkte erhält und mit dem nächsten Fall fortfahren kann.
- Jedes Mal, wenn ihr einen Fall löst, schreibt ihr die Punktzahl auf einen Zettel. Bei Gleichstand zwischen den Teams wird ein weiterer Fall gelöst.

Um den Überblick über den Spielstand zu behalten, könnt ihr die Punkte auf einem Blatt Papier oder in einem Notizbuch notieren.

ALS FAMILIE

FALL	JUAN	ELISA	PEDRO	AMANDA
DAS INTERNAT	40			
DIE NACHBARN		50		
DER DIEBSTAHL			50	
DIE VILLA		30		
DIE UNMÖGLICHE ZELLE				50
DER STUMME ZEUGE				20
ZWEI WHISKYS	50			
GESAMTPUNKTZAHL	90	80	50	70

IN TEAMS

FALL	TEAM 1	TEAM 2
DAS INTERNAT	40	
DIE NACHBARN		50
DER DIEBSTAHL		50
DIE VILLA	30	
DIE UNMÖGLICHE ZELLE		50
DER STUMME ZEUGE	20	
ZWEI WHISKYS	50	
GESAMTPUNKTZAHL	140	150

DAS PUNKTESYSTEM

Die Rätsel in diesem Buch gliedern sich in verschiedene Schwierigkeitsgrade von 1 bis 6, die auf den Seiten in Form von Sternen angegeben sind.

1 = SEHR LEICHT	6 = SEHR SCHWER
★☆☆☆☆☆	★★★★★★

Außerdem hat jeder Schwierigkeitsgrad eine andere Punktzahl.

NIVEAU	PUNKTE
★☆☆☆☆☆	10
★★☆☆☆☆	20
★★★☆☆☆	30
★★★★☆☆	40
★★★★★☆	50
★★★★★★	60

INHALT

Sieh dir die Symbole genau an,
um zu entscheiden, ob du es mit Verstand
oder Fantasie probieren solltest.

Fantasie

Punktesystem
30 Punkte

Niveau / mittel
★★★☆☆☆

Der Vergesslichkeit schuldig

Seit Marco Witwer ist, lebt er allein am Meer und arbeitet in seinem Haus, wo er seit vielen Jahren wohnt. Sein Leben verläuft in routinierten Bahnen. Jeden Abend, bevor er ins Bett geht, schaltet er das Licht ein.

1 Doch eines Abends ist er so müde, dass er ins Bett geht, ohne das Licht einzuschalten.

2 Als er am Morgen aufwacht, hört er im Radio eine schreckliche Nachricht.

3 Er schlägt die Hände über dem Kopf zusammen und eilt zur Polizei, um sich zu stellen.

WORAN IST MARCO SCHULD?

Logik

Punktesystem
20 Punkte

Niveau / einfach

WAS HAST DU HIER GETAN?

Ausgerechnet im Sommer fällt im Sekretariat der Schule die Klimaanlage aus. Plötzlich bemerkt die Sekretärin, dass jemand den USB-Stick mit den Prüfungsfragen aus ihrem Computer gestohlen hat. Die Schulleiterin fragt alle, die sich in der Nähe des Schreibtischs aufgehalten haben: »Was hast du hier gemacht?«

1 »Ich hab telefoniert und mich dabei um mehrere Personen gekümmert«, antwortet die Sekretärin.

2 »Ich habe mehrere Sendungen notiert, die auf dem Tisch lagen«, sagt der Postbote.

3 »Ich wollte die Sekretärin fragen, ob sie meinen Pullover gesehen hat«, erklärt der angehende Buchhalter.

Die Schuldirektorin

4 »Ich wollte ein paar Kopien bestellen«, sagt eine unschuldig aussehende Gymnasiastin.

WER HAT IHN GENOMMEN?

Logik

Punktesystem
30 Punkte

Niveau / mittel

Dieb an Bord

Ein japanisches Fischerboot fährt aufs offene Meer hinaus. Am Ende des Tages geht der Kapitän duschen und lässt seine wertvolle goldene Uhr auf dem Tisch in seiner Kabine liegen.

1 Als er aus der Dusche kommt, ist die Uhr weg! Um den Dieb zu finden, ruft er die Mannschaft zusammen und fragt sie, was sie gemacht haben, während er geduscht hat.

2 Der Koch sagt, er habe das Abendessen für die Besatzung zubereitet.

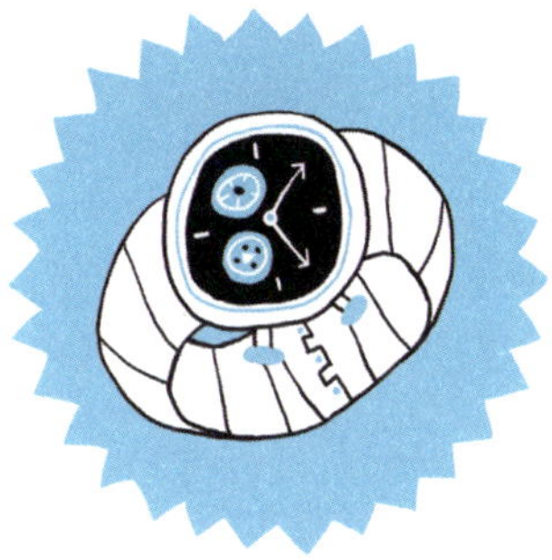

3 Die Chefingenieurin sagt, sie habe den Generator im Maschinenraum überprüft.

4 Die Bootsfrau sagt, sie sei in ihrer Kabine gewesen und habe ein Nickerchen gehalten.

5 Der wachhabende Matrose erklärt, er sei an Deck gegangen, um die Schiffsflagge richtig aufzuhängen, weil sie falsch herum hing.

WER VON IHNEN LÜGT?

FANTASIE

PUNKTESYSTEM
20 PUNKTE

NIVEAU / EINFACH

DAS GESCHENK DES GROSSVATERS

Katias Großvater war ein leidenschaftlicher Zauberer. Als er starb, hinterließ er seiner Enkelin eine verkorkte Flasche mit einem Schlüssel darin. Auf dem Flaschenglas stand geschrieben: »Wenn du den Schlüssel herausbekommst, ohne den Korken zu entfernen oder die Flasche zu zerbrechen, wird dir deine Mutter eine Schachtel schenken. Du kannst sie mit diesem Schlüssel öffnen und wirst etwas für dich darin finden.«

1 Katia dreht die Flasche immer wieder in den Händen, während sie nach einer Lösung sucht.

2 Sie ruft ihren Bruder, aber auch er weiß nicht, wie er den Schlüssel herausbekommen soll.

3 Katia liest die Notiz noch einmal durch:

4 Plötzlich erhellt sich ihr Gesicht, und sie weiß, was zu tun ist!

WAS HAT SIE GEMACHT?

LOGIK

PUNKTESYSTEM
20 PUNKTE

NIVEAU / EINFACH

DER STUMME ZEUGE

Martina liegt ruhig in ihrem Schlafzimmer, das im Obergeschoss ihres Hauses liegt. Sie hat die Augen offen, während sie darauf wartet, einzuschlafen. Alles ist still, nur das Geräusch des Fernsehers dringt aus dem unteren Stockwerk hinauf.

PLÖTZLICH ÖFFNET SICH DIE SCHLAFZIMMERTÜR UND DREI EINBRECHER TRETEN EIN.

1 Martina beobachtet sie, während die Einbrecher sie verstohlen ansehen.

2 Ohne sich zu rühren, lauscht Martina den hektischen Bewegungen der Diebe.

3 Die Diebe nehmen alles mit!

4 Als sie endlich gegangen sind, schläft Martina ein, anstatt die Polizei zu rufen.

WARUM BLEIBT SIE SO RUHIG?

DIE NACHBARN VON GEGENÜBER

Frau Rita blickt aus dem Fenster auf die neuen Nachbarn von gegenüber, die erst vor wenigen Tagen eingezogen sind. Nach Einbruch der Dunkelheit sieht sie jedoch etwas sehr Seltsames.

1 Sie beobachtet den Ehemann, der sich vor dem Fernseher entspannt.

2 Und die Frau, die neben ihm sitzt und ein Buch liest.

3 Plötzlich steht der Ehemann auf und schaltet alle Lichter aus.

4 Die Frau bleibt im Dunkeln zurück und liest in aller Ruhe ihr Buch weiter!

WIE KANN ES SEIN, DASS SIE WEITER LIEST?

FANTASIE

PUNKTESYSTEM
50 PUNKTE

NIVEAU / SCHWIERIG

DAS KLOPFEN AN DER TÜR

Spät in der Nacht ist es in einem Hotel in der Stadt ganz still. Die meisten Gäste sind Geschäftsleute, die früh aufstehen. Wie viele andere Gäste geht auch Mrs Logan, die Leiterin eines großen Unternehmens, früh ins Bett, da sie eine frühe Sitzung hat.

1 In den frühen Morgenstunden klopft jemand an ihre Zimmertür.

2 Mrs Logan steht auf und öffnet die Tür.

3 Der Mann, der geklopft hat, sagt:

4 Die Frau schließt ihre Tür ab und ruft sofort den Sicherheitsdienst des Hotels.

WAS MACHT SIE MISSTRAUISCH?

Logik

Punktesystem
30 Punkte

Niveau / mittel

Eine Matrjoschka im Antiquitätengeschäft

Im Antiquitätengeschäft ist eine wertvolle Matrjoschka verschwunden, die einem Vorfahren des russischen Zaren gehörte. Sie stand in einer Vitrine in der Abteilung, für die Andrea, die neue Verkäuferin, zuständig ist. Ohne einen der Angestellten über das Verschwinden der Matrjoschka zu informieren, spricht der Chef mit allen, um herauszufinden, wer der Dieb sein könnte.

1 Mark, der Geschäftsführer, verdächtigt die neue Verkäuferin, denn bis jetzt …

2 Andrea, die Neue, versichert dem Chef:

3 Tati, die Kassiererin, antwortet:

4 Nachdem der Chef mit den dreien gesprochen hat, weiß er, wer der Dieb ist.

Wer ist hier der Dieb?

Fantasie

Punktesystem
50 Punkte

Niveau / schwierig

★★★★★★

Ein aussergewöhnlicher Diebstahl

Auf der Polizeiwache nimmt ein Polizist Alex in Empfang und weiß nicht, was er von ihm halten soll. Seine Schilderungen sind sehr merkwürdig. Er meint, man habe ihm sein Haus gestohlen, als er sein Auto geparkt hat, um einen Kaffee trinken zu gehen.

1 Der Inspektor ist verwirrt und befragt ihn, um den merkwürdigen Diebstahl aufzuklären.

2 Alex antwortet, er wisse es nicht.

3 »Aber woher wissen Sie dann, dass Sie bestohlen wurden?«, fragt der Polizist. »Weil mein Zuhause weg war, als ich aus dem Café kam«, antwortet Alex.

DER POLIZIST IST VERWIRRT ÜBER DIE ANTWORT …

WAS IST HIER GESCHEHEN?

Logik

Punktesystem
50 Punkte

Niveau / schwierig

★★★★★★

Überquerung des Flusses

Um zu seinem Hof zu gelangen, muss ein Mann einen Fluss mit seinem kleinen Boot überqueren. Eines Tages kommt er mit seinem Jagdhund, einem gekauften Huhn und einem Sack Mais vom Markt zurück.

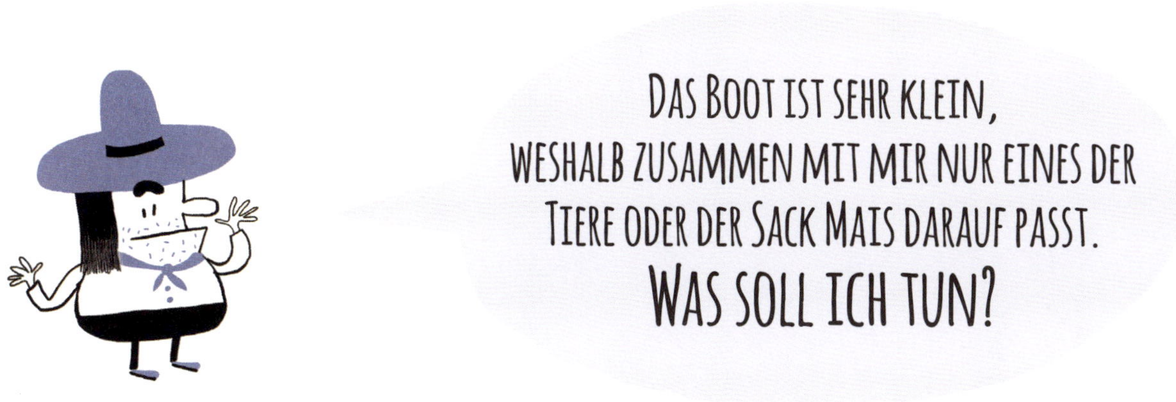

1 Wenn er mit dem Hund übersetzt, frisst das Huhn den Mais.

2 Wenn er mit dem Sack Mais übersetzt, frisst der Hund das Huhn.

WIE SOLLTE ER VORGEHEN?

Fantasie

Punktesystem
60 Punkte

Niveau / Schwierig
★★★★★★

Ein plötzlicher Schauer

Eine Gruppe von fünf Männern in schwarzen Anzügen folgt schweigend und langsam einem Weg, bis sie wegen eines Platzregens ihren Schritt beschleunigen.

1 Die fünf Männer verlassen das Dorf und begeben sich gemeinsam in Richtung Friedhof.

2 Als es zu regnen beginnt, beschleunigen vier von ihnen ihren Schritt, der Fünfte jedoch nicht.

3 Bis auf den Fünften kommen alle durchnässt am Ziel an.

WARUM WURDE DER FÜNFTE NICHT NASS?

FANTASIE | PUNKTESYSTEM 20 PUNKTE | NIVEAU / EINFACH ★★☆☆☆☆☆

EIN TÖDLICHER SCHUSS

Mitten im Winter geht ein Mann, der in den Bergen lebt, auf die Jagd, um ein Tier zu schießen und es zu essen.

1 Der Jäger lädt sorgfältig sein Gewehr.

2 Er zielt und gibt einen präzisen Schuss auf sein Ziel ab.

3 Doch er erkennt sofort seinen fatalen Fehler.

4 Wenige Minuten später ist der Jäger tot.

WAS HAT ER FALSCH GEMACHT?

Logik

Punktesystem
40 Punkte

Niveau / mittel

Das Internat

An einem Sonntagmorgen geht es im Internat ruhig zu. Vor Ort sind nur ein paar Schüler, die Köchin und eine Lehrerin, die Aufsicht hat.

1 Die Köchin bereitet das Sonntagsessen zu.

2 Die Lehrerin unterbricht das Ausfüllen der Abschlusszeugnisse, um zum Mittagessen zu gehen.

3 Alicia sagt, sie wolle sehen, ob der Postbote kommt.

4 Clara liegt im Bett und hört ihre Lieblingsmusik.

PLÖTZLICH DRÜCKT DIE LEHRERIN AUF DEN ALARMKNOPF:
JEMAND HAT DIE ZEUGNISSE VERBRANNT, WÄHREND SIE BEIM ESSEN WAR!

WER KÖNNTE ES GEWESEN SEIN?

FANTASIE

PUNKTESYSTEM
50 PUNKTE

NIVEAU / SCHWIERIG
★★★★★★

ZWEI WHISKYS, BITTE

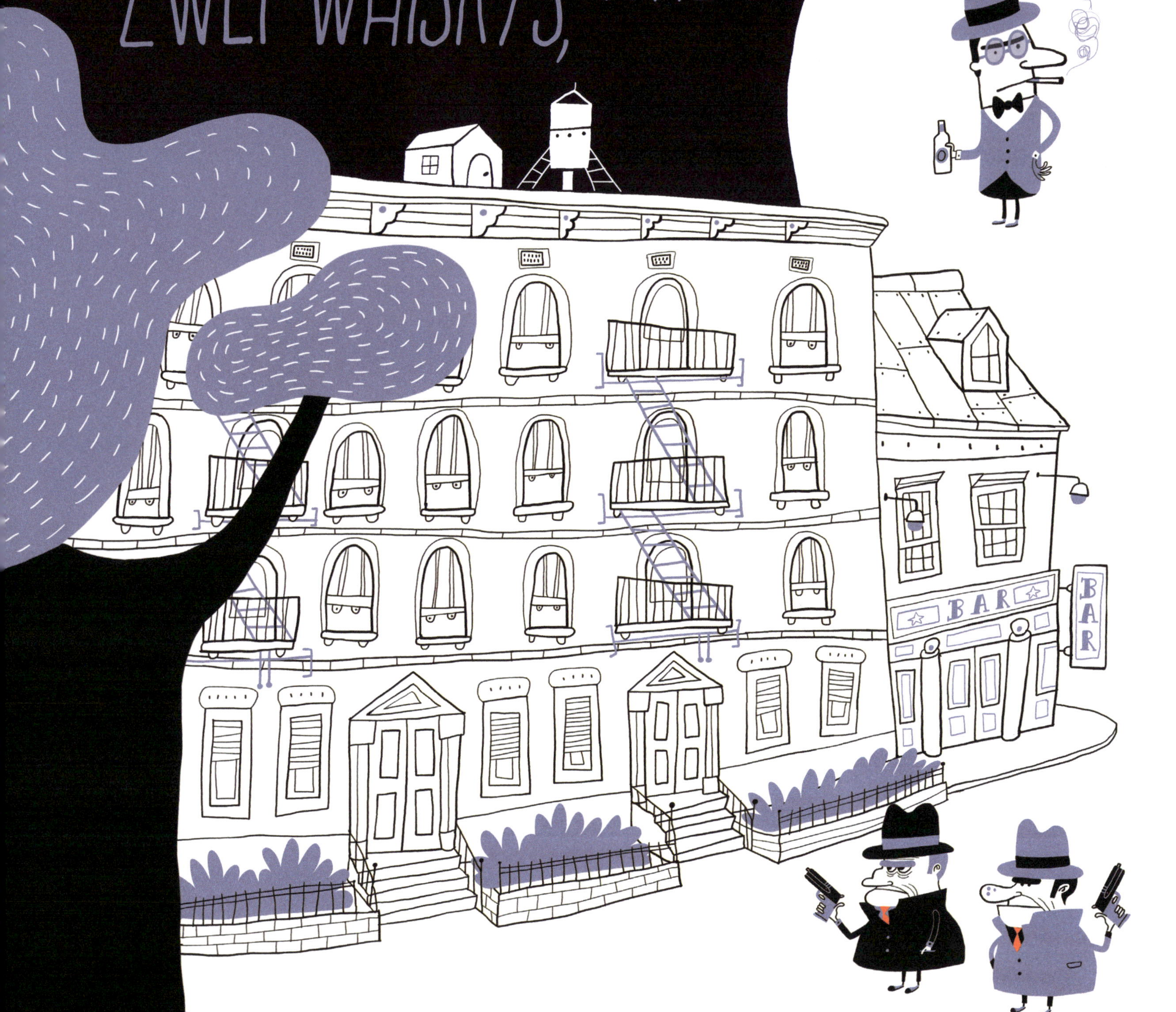

Luca und Antonio sind zwei gefährliche Mafiosi mit vielen Feinden, die sie am liebsten ausschalten würden. Eines Abends gehen sie zusammen in eine Bar. Bevor sie sich hinsetzen, schauen sie sich alle genau an. Man weiß nie, wo die Gefahren lauern.

1 Sie bestellen beide einen Whisky. Der Barkeeper bereitet die Getränke sorgfältig zu und serviert sie ihnen mit viel Eis.

2 Durstig kippt Luca sein Glas in wenigen Schlucken hinunter.

3 Antonio hingegen genießt seinen Drink langsam, während er das Eis mit dem Strohhalm umrührt.

ALS ANTONIO VOM TISCH AUFSTEHT, FÄLLT ER BESINNUNGSLOS ZU BODEN.

WAS IST HIER DENN PASSIERT?

Fantasie

Punktesystem
50 Punkte

Niveau / schwierig
★★★★★☆

Die unmögliche Zelle

Drei durchtriebene Gefangene teilen sich eine Zelle und haben dieselbe Idee: Sie wollen um jeden Preis aus dem Gefängnis fliehen. Doch dazu müssen sie ein schwieriges Problem lösen.

1 Das Fenster der Zelle ist so hoch, dass sie es nicht erreichen können, weshalb es nicht einmal vergittert ist.

2 Zunächst stellen sich die drei auf eine Pritsche und versuchen, das Fenster zu erreichen, indem sie sich gegenseitig auf die Schultern steigen, was jedoch nicht gelingt.

3 Dann beschließen sie, einen Tunnel zu graben, stellen jedoch fest, dass es zu lange dauern wird, und geben auf.

4 Bis einem von ihnen doch noch eine Möglichkeit einfällt, wie sie das Fenster erreichen können. Am Ende können sie fliehen!

WIE SCHAFFEN SIE DAS?

Logik

Punktesystem
30 Punkte

Niveau / mittel

Die Strafe

Im legendären fernöstlichen Königreich von Babar Khan stand auf Diebstahl die Todesstrafe. Eines Tages wurde ein herumirrender Ausländer, der das Gesetz nicht kannte, dabei erwischt, wie er Obst aus dem Palastgarten stahl.

DER KÖNIG BOT IHM AN, SICH EINE DER FOLGENDEN VIER TODES-ZELLEN AUSZUSUCHEN. FALLS ER DIE RICHTIGE WAHL TRAF, KONNTE ER SICH VIELLEICHT DOCH NOCH RETTEN.

1 »Die Zelle des ewigen Feuers« würde man in Brand setzen, sobald der Gefangene durch die Tür trat.

2 In der »Zelle der Bestien« warteten vier Tiger, die seit einem Jahr nichts mehr gefressen hatten, auf Futter.

3 Die »Zelle der Schwerter« war ein Kerker, in dem rücksichtslose Wärter darum wetteten, wer die meisten Opfer töten konnte.

4 In der »Zelle des Drachen« wurde ein dreiköpfiger Drache mit drei giftigen Zungen gehalten.

WELCHE ZELLE WAR DIE SICHERSTE?

LOGIK

PUNKTESYSTEM
60 PUNKTE

NIVEAU / SCHWIERIG
★★★★★★

DER NACHFOLGER DES SULTANS

Vor Jahrhunderten wollte der Sultan eines fernöstlichen Königreichs einen seiner beiden Söhne vor seinem Tod zu seinem Nachfolger ernennen. Daher stellte er ihnen eine etwas seltsame Aufgabe: Sie sollten zur Oase reiten, und derjenige, dessen Pferd als Letztes ankam, würde der Erbe sein.

DIE BEIDEN SÖHNE DES SULTANS BRACHEN ZUR OASE AUF UND HIELTEN UNTERWEGS AN, UM NACHZUDENKEN.

1 Sie zelteten mehrere Tage und Nächte in der Nähe der Oase ...

2 ... und dachten darüber nach, wie sie auf den Thron kommen könnten.

3 Plötzlich kam ein weiser Mann vorbei und sagte ihnen die Lösung in drei Worten.

4 Sie taten beide, was der Weise ihnen vorgeschlagen hatte, und spornten die Pferde an, um die Oase als Erster zu erreichen.

WAS HAT DER WEISE MANN IHNEN GERATEN?

Logik | Punktesystem 10 Punkte | Niveau / einfach ★☆☆☆☆☆

Ein FREMDER im Feld

An einem regnerischen Frühlingstag geht ein Bauer auf seine Felder, um auf ihnen zu arbeiten. Nur das Zwitschern der Vögel ist zu hören, denn es kommt nur selten jemand in dieses abgelegene Tal mitten in den Bergen. An diesem Morgen jedoch ...

1 ... findet der Bauer unter einem großen Baum einen Mann, der auf dem Rücken liegt. Das Bein des Fremden ist verletzt und er ist benommen.

2 Auf der feuchten Erde gibt es weder Fußabdrücke noch Fahrzeugspuren. Wie ist der Fremde dorthin gekommen?

3 Als der Bauer ihn hochzieht, sieht er, dass der Mann einen Rucksack auf dem Rücken hat.

WIE IST ER DORT HINGEKOMMEN?

FANTASIE

PUNKTESYSTEM
20 PUNKTE

NIVEAU / EINFACH
★★☆☆☆☆☆

DER ÜBERRASCHUNGSANGRIFF

In einem fränkischen Dorf schlafen alle tief und fest, denn ihre Armee schützt sie vor einem möglichen Angriff der Wikinger. Nachts hält ein Soldat Wache am Rand des Waldes, der das Dorf umgibt.

1 Während der Soldat Wache hält, träumt er, die Wikinger würden angreifen.

2 Als er aufwacht, erzählt er seinen Traum dem Anführer, der mehr Wachen aufstellt.

3 In dieser Nacht greifen die Wikinger sie tatsächlich an, können sie jedoch nicht mehr überraschen.

4 Der Chef ordnet dennoch die Verhaftung des Soldaten an, der ihn gewarnt hatte.

WARUM WIRD ER VERHAFTET?

FANTASIE

PUNKTESYSTEM
40 PUNKTE

NIVEAU / MITTEL
★★★★★★

EINFAHRT VERBOTEN

Nachdem ein Dieb ein Auto gestohlen hat, will er im Einkaufszentrum nach nichtsahnenden Menschen suchen, um ihnen ihre Geldbörse zu entwenden.

1 Um unbemerkt zum Einkaufszentrum zu gelangen, nimmt er eine sehr schmale Straße.

2 Er sieht das »Einfahrt verboten«-Schild, setzt seinen Weg jedoch unbeirrt fort.

3 Am Ende der Straße trifft der Dieb auf eine Verkehrspolizistin.

4 Die Polizistin zwingt ihn weder zum Anhalten, noch verhängt sie ein Bußgeld, sondern lässt ihn ganz normal passieren.

WARUM LÄSST SIE IHN PASSIEREN?

Logik

Punktesystem
30 Punkte

Niveau / mittel
★★★☆☆☆

Ein verregneter Samstag in der Villa

An einem regnerischen Samstagmorgen ist in der Villa der Johnsons alles ruhig. Wie jedes Wochenende sind sie später als gewöhnlich aufgestanden, haben gemeinsam gefrühstückt und gehen nun ihren Lieblingsbeschäftigungen nach.

1 Der kleine Pol liebt es, die Katze zu jagen.

2 Mr Johnson liest die Nachrichten der Woche auf seinem Computer.

3 Mary amüsiert sich beim Musikhören in ihrem Zimmer.

4 Mrs Johnson liest ein Buch, das sie vollkommen in seinen Bann zieht.

5 Edgar, der Gärtner, gießt wie jeden Samstag die Blumen im Garten.

6 Plötzlich ertönt ein Schrei aus Mr Johnsons Büro. Als sie das Zimmer betreten, entdecken sie seine Leiche auf dem Boden.

WER IST DER MÖRDER?

FANTASIE

PUNKTESYSTEM
10 PUNKTE

NIVEAU / EINFACH

ÜBERLEBEN
IN HÖCHSTER HÖHE

Zwei Mitarbeiter einer Fensterreinigungsfirma treffen sich an einem 50-stöckigen Gebäude zur Arbeit. Obwohl sie immer alle Sicherheitsvorkehrungen beachten, haben sie eines Tages einen unerwarteten Unfall.

1 Lucas und Marian steigen auf die Plattform ihres Gerüsts, um mit der Reinigung der Fenster zu beginnen.

2 Ein Flaschenzug steuert das Gerüst, das auf jeder Etage anhält, damit sie putzen können.

3 Plötzlich schlägt die Brise in einen starken Wind um, der heftig am Gerüst rüttelt.

4 Lucas und Marian befinden sich im freien Fall, aber beide überleben.

WIE HABEN SIE DAS GESCHAFFT?

FANTASIE

PUNKTESYSTEM
40 PUNKTE

NIVEAU / MITTEL
★★★★☆☆

EIN FALL FÜR DETEKTIVE

Mr Green wurde tot an seinem Schreibtisch gefunden. Es gibt keine Anzeichen von Gewalt, aber bei der Ermittlung wird ein roter Zettel in der linken Hand des Toten entdeckt. Diese seltsame, verschlüsselte Nachricht soll dazu dienen, den Schuldigen unter all den Leuten zu finden, die am Abend zuvor auf der Party in seinem prächtigen Haus waren.

Inspektor Leduc beginnt mit der Ermittlung, um den Fall aufzuklären, und sucht an den unwahrscheinlichsten Orten nach Hinweisen.

DIE LISTE DER VERDÄCHTIGEN IST SEHR LANG.

1 Emilia ist die älteste Hausangestellte.

2 Sebastian ist der Sohn von Mr Green und der Pianist, der auf der Party gespielt hat.

3 Die junge Desirée ist die Freundin von Sebastian, dem Sohn von Mr Green.

4 Simon ist der Cousin des Opfers und raucht gerne Havanna-Zigarren.

5 Mr Quiney ist ein Nachbar. Ihm gehört eine Villa, die ganz in der Nähe von Mr Greens Haus liegt.

6 Professor Nassar ist ein Gelehrter des römischen Rechts und langweilt sich auf Partys.

7 Erik ist ein alter Freund des Opfers und verbringt manchmal das Wochenende bei ihm.

8 Die Marquise Adolfina ist ein Stammgast auf den Partys und eine enge Freundin von Mr Green.

9 Dr. Adams ist seit Jahren der Arzt der Greens.

10 Brenda ist eine Freundin von Erik und begleitet ihn immer auf Reisen.

WER IST DER MÖRDER?

FANTASIE

PUNKTESYSTEM
60 PUNKTE

NIVEAU / SCHWIERIG

DER AUFZUG VON MR BLAS

Mr Blas, der im 7. Stock wohnt, mag Regentage viel lieber als Sonnentage. Wenn es regnet, nutzt er die Zeit, um Besorgungen zu machen, einkaufen zu gehen, den Müll nach unten zu bringen, ins Kino zu gehen usw. An regnerischen Tagen wird sein Leben viel gemütlicher.

Sonnentage

5. Stock

1 An sonnigen Tagen, fährt Mr Blas mit dem Aufzug seines Gebäudes nur in den 5. Stock. Von dort aus steigt er zu Fuß weiter in den 7. Stock hinauf und ist am Ende sehr erschöpft!

Regentage

2 An Regentagen hingegen fährt Mr Blas mit dem Aufzug direkt in den 7. Stock.

7. Stock

Warum fährt er an sonnigen Tagen mit dem Aufzug nur in den 5. Stock und geht dann zu Fuss weiter? Warum fährt er hingegen an Regentagen direkt in den 7. Stock?

Was ist der Grund für diese Angewohnheit?

FANTASIE

PUNKTESYSTEM
50 PUNKTE

NIVEAU / SCHWIERIG

DER BEWAFFNETE BARKEEPER

An einem heißen Sommermorgen geht ein Mann in eine Bar, um seinen Durst mit einem kühlen Getränk zu stillen und Zeitung zu lesen. Er ahnt nichts von der ungewöhnlichen Überraschung, die ihn dort erwartet.

1 Der Mann öffnet die Tür und betritt in aller Ruhe die Bar.

2 Er geht zur Theke und bestellt beim Barkeeper eine kalte Limonade.

3 Doch plötzlich zieht der Barkeeper eine Waffe und richtet sie auf den Mann.

4 Nach einer Weile verlässt der Mann die Bar mit einem breiten Lächeln im Gesicht und bedankt sich überschwänglich beim Barkeeper.

WARUM BEDANKT ER SICH BEI IHM?

LÖSUNGEN

DER VERGESSLICHKEIT SCHULDIG

Marco ist Leuchtturmwärter und hat am Vorabend vergessen, das Licht des Leuchtturms einzuschalten, was zu einem Schiffsunglück geführt hat.

WAS HAST DU HIER GETAN?

Es war der Buchhalter, denn wer braucht im Sommer schon einen Pullover in einem nicht klimatisierten Büro?

DIEB AN BORD

Der wachhabende Matrose, weil die japanische Flagge immer gleich aussieht, auch wenn sie auf dem Kopf steht.

DAS GESCHENK DES GROSSVATERS

Sie hat den Korken in die Flasche gedrückt.

DER STUMME ZEUGE

Weil Martina ein Baby und sehr müde ist.

DIE NACHBARN VON GEGENÜBER

Die Frau ist blind und hat ein Buch in Blindenschrift, das sie mit den Fingern liest.

DAS KLOPFEN AN DER TÜR

Wäre es sein Zimmer gewesen, hätte er einen Schlüssel dabeigehabt und nicht an die Tür geklopft. Deshalb weiß sie, dass er lügt.

EIME *MATRJOSCHKA* IM ANTIQUITÄTENGESCHÄFT

Es war Tati, denn nur ihr Chef wusste, dass es sich bei dem gestohlenen Gegenstand um eine wertvolle Matrjoschka handelte.

EIN AUSSERGEWÖHNLICHER DIEBSTAHL

Alex lebt in einem Wohnwagen, der an sein Auto angehängt war.

ÜBERQUERUNG DES FLUSSES

Er setzt mit dem Huhn über und holt danach den Hund. Dann lässt er den Hund am anderen Ufer und setzt wieder mit dem Huhn über. Anschließend holt er den Sack Mais und lässt das Huhn allein zurück, sodass der Hund und der Sack am selben Ufer bleiben. Auf seiner letzten Fahrt holt er das Huhn.

EIN PLÖTZLICHER SCHAUER

Die vier Männer trugen den fünften, der tot im Sarg lag.

EIN TÖDLICHER SCHUSS

Er hat auf einen verschneiten Hang geschossen und eine tödliche Lawine ausgelöst.

LÖSUNGEN

DAS INTERNAT

Es war Alicia, weil sie Angst hatte, wieder sitzen zu bleiben. Sonntags kommt kein Postbote.

ZWEI WHISKYS, BITTE

In den Eiswürfeln war Gift. Die in Lucas' Glas sind jedoch nicht geschmolzen, weil er zu schnell getrunken hat.

DIE UNMÖGLICHE ZELLE

Sie graben weiter und häufen die ausgegrabenen Steine und die Erde so lange auf, bis sie das Fenster erreichen können.

DIE STRAFE

Zelle 2: Nach einem Jahr ohne Nahrung waren die Tiger längst tot.

DER NACHFOLGER DES SULTANS

Tauscht die Pferde.

EIN FREMDER IM FELD

Er ist ein Fallschirmspringer, dessen Fallschirm sich beim Sprung nicht geöffnet hat. Sein Sturz wurde vom Baum abgefedert.

DER ÜBERRASCHUNGSANGRIFF

Weil er während der Wache nicht hätte einschlafen dürfen.

EINFAHRT VERBOTEN

Weil er sein Auto stehen gelassen hat und zu Fuß weitergegangen ist.

EIN VERREGNETER SAMSTAG IN DER VILLA

Edgar, der Gärtner, ist der Mörder. An einem regnerischen Tag muss man keine Blumen gießen!

ÜBERLEBEN IN HÖCHSTER HÖHE

Sie hatten gerade erst mit der Reinigung begonnen und sind aus dem ersten Stock gestürzt.

EIN FALL FÜR DETEKTIVE

Es war Erik. Die Zahl gibt die Position der Lösungsbuchstaben im Wort des Monats an.

DER AUFZUG VON MR BLAS

Mr Blas ist sehr klein und kann nur mit seinem Regenschirm den Knopf des 7. Stocks im Aufzug erreichen.

DER BEWAFFNETE BARKEEPER

Weil er Schluckauf hatte und der Barkeeper ihn zu Tode erschreckt hat, damit er ihn loswird!

Impressum

Originalausgabe unter dem Titel *ENIGMAS – desafía tu mente con 25 historias de misterio* erschienen bei:
© Zahorí Books
Sicília, 358 1-A · 08025 Barcelona
www.zahoribooks.com

Für die deutsche Ausgabe:
Produktmanagement: Mareike Weber
Übersetzung: Svenja Tengs
Lektorat und Satz: Clemens Hoffmann
Umschlaggestaltung: Andreas Kersten
Herstellung: Bettina Schippel, Kathleen Baumann
Printed in Slovenia by GPS Group P.E.

★★★★★

Sind Sie mit diesem Titel zufrieden? Dann würden wir uns über Ihre Weiterempfehlung freuen. Erzählen Sie es im Freundeskreis, berichten Sie Ihrem Buchhändler oder bewerten Sie bei Onlinekauf. Und wenn Sie Kritik, Korrekturen, Aktualisierungen haben, freuen wir uns über Ihre Nachricht an:
Christian Verlag,
Postfach 40 02 09, D-80702 München oder
per E-Mail an lektorat@verlagshaus.de.

Unser komplettes Programm finden Sie unter

www.christophorus-verlag.de

Die Deutsche Nationalbibliothek verzeichnet diese Publikation in der Deutschen Nationalbibliografie; detaillierte bibliografische Daten sind im Internet über http://dnb.d-nb.de abrufbar.

ISBN 978-3-8411-0266-9

MIX
Papier aus verantwortungsvollen Quellen
FSC® C118234

Kreativ-Service

Sie haben Fragen zu den Büchern und Materialien? Frau Erika Noll ist für Sie da und berät Sie rund um alle Kreativthemen. Rufen Sie an! Wir interessieren uns auch für Ihre eigenen Ideen und Anregungen. Sie erreichen Frau Noll per E-Mail: **kreativ-service@c-verlag.de** oder Tel.: **0049 - 89-1306 99-577**

Besuchen Sie uns im Internet: **www.christophorus-verlag.de**